AF456369

LA VIE DE MARIANNE.

PREMIERE PARTIE.

LA VIE DE MARIANNE,

OU

LES AVANTURES DE MADAME LA COMTESSE DE ***.

Par Monsieur DE MARIVAUX.

PREMIERE PARTIE.

BIBLIOTHEQUE ROYALE

A PARIS,
Chez PIERRE PRAULT, Quay de Gèvres, au Paradis.

M. DCC. XXXI.

Avec Approbation, & Privilege du Roy.

Y² 51192-75

AVERTISSEMENT.

COMME on pourroit soupçonner cette Histoire-ci d'avoir été faite exprès pour amuser le Public ; je crois devoir avertir que je la tiens moi-même d'un ami qui l'a réellement trouvée, comme il le dit cy-après, & que je n'y ai point d'autre part que d'en avoir retouché quelques endroits trop confus & trop negligés.

Ce qui eſt de vrai, c'eſt que ſi c'étoit une Hiſtoire ſimplement imaginée, il y a toute apparence qu'elle n'auroit pas la forme qu'elle a; *Marianne* n'y feroit ni de ſi longues ni de ſi fréquentes réflexions; il y auroit plus de faits, & moins de morale; en un mot, on ſe ſeroit conformé au goût general d'à preſent, qui dans un Livre de ce genre, n'eſt pas favorable aux choſes un peu refléchies & raiſonnées; on ne veut dans des Avantures, que les Avantures mèmes; & *Marianne* en écrivant les ſiennes, n'a point eu égard à cela; Elle ne s'eſt refuſée aucune des Réflexions qui lui ſont venuës ſur les accidens de ſa vie; ſes réflexions ſont quelquefois courtes, quelquefois longues, ſuivant le goût qu'elle y a pris; Elle écrivoit à une Amie, qui apparemment aimoit à penſer: & d'ailleurs, *Marianne* étoit retirée du monde, ſituation qui rend l'eſprit ſerieux & philoſophe. Enfin, voilà ſon Ouvrage, tel qu'il eſt, à quelque correction de mots près. On en donne la premiere Partie au Public, pour voir ce qu'on en dira. Si elle plaît, le reste paroîtra successivement ; il est tout prêt.

LA VIE DE MARIANNE,

*Ou les avantures de Madame la Comteſſe de ****

VANT que de donner cette Hiſtoire au Public, il faut lui apprendre comment je l'ai trouvée.

Il y a ſix mois que j'achetai une maiſon de campagne à quelques lieuës de Rennes, qui depuis trente ans a paſſé ſucceſſivement entre les mains de cinq ou ſix perſonnes. J'ai voulu faire changer quelque choſe à la diſpoſition du premier appartement, & dans une armoire pratiquée dans l'enfoncement d'un mur, on y a trouvé un manuſcrit en pluſieurs cahiers contenant l'Hiſtoire qu'on va lire, & le tout d'une écriture de femme. On me l'apporta, je le lûs avec deux de mes amis qui étoient chés moi, & qui depuis ce jour-là n'ont ceſſé de me dire qu'il falloit le faire imprimer : je le veux bien d'autant plus que cette Hiſtoire n'intereſſe perſonne. Nous voyons par la date que nous avons trouvé à la fin du manuſcrit qu'il y a quarante ans qu'il eſt éctit ; nous en avons changé le nom de deux perſonnes dont il y eſt parlé, & qui ſont mortes. Ce qui y eſt dit d'elles eſt pourtant très indifferent ; mais n'importe,il eſt toûjours mieux de ſupprimer leurs noms.

Voila tout ce que j'avois à dire, ce petit préambule m'a paru neceſſaire, & je l'ai fait du mieux que j'ai pû, car je ne ſuis point Auteur, & jamais on n'imprimera de moi que cette vingtaine de lignes-ci.

Paſſons maintenant à l'Hiſtoire, c'eſt une femme qui raconte ſa vie, nous ne ſçavons qui elle étoit; c'eſt la vie de Marianne, c'eſt ainſi qu'elle ſe nomme elle même au commencement de ſon Hiſtoire, elle prend enſuite le titre de Comteſſe, elle parle à une de ſes amies dont le nom eſt en blanc, & puis c'eſt tout.

QUAND je vous ai fait le recit de quelques accidens de ma vie, je ne m'attendois pas, ma chere amie, que vous me prieriés de vous la donner toute entiere, & d'en faire un livre à imprimer; il eſt vrai que l'Hiſtoire en eſt particuliere, mais je la gaterai ſi je l'écris, car où voulés vous que je prenne un ſtile.

Il eſt vrai que dans le monde on m'a trouvé de l'eſprit, mais ma chere je crois que cet eſprit là n'eſt bon qu'à être dit, & qu'il ne vaudra rien à être lû.

Nous autres jolies femmes, car

j'ai été de ce nombre, personne n'a plus d'esprit que nous, quand nous en avons un peu ; les hommes ne sçavent plus alors la valeur de ce que nous disons, en nous écoutant parler, ils nous regardent, & ce que nous disons profite de ce qu'ils voyent.

J'ai vû une jolie femme dont la conversation passoit pour un enchantement, personne au monde ne s'exprimoit comme elle, c'étoit la vivacité, c'étoit la finesse même qui parloit : les connoisseurs n'y pouvoient tenir de plaisir. La petite verole lui vint, elle en resta extrêmement marquée ; quand la pauvre femme reparut ce n'étoit plus qu'une babillarde incommode : voyés combien auparavant, elle avoit emprunté d'esprit de son visage. Il se pourroit bien faire que le mien m'en eut prêté aussi dans le tems qu'on m'en trouvoit beaucoup. Je me souviens de mes yeux de ce tems-là, & je crois qu'ils avoient plus d'esprit que moi.

Combien de fois me ſuis-je ſurpriſe à dire des choſes qui auroient eu bien de la peine à paſſer toutes ſeules : ſans le jeu d'une phiſionomie friponne qui les accompagnoit, on ne m'auroit pas applaudi comme on faiſoit ; & ſi une petite verole étoit venu reduire cela à ce que cela valoit, franchement, je penſe que j'y aurois perdu beaucoup.

Il n'y a pas plus d'un mois par exemple que vous me parliés encore d'un certain jour, (& il y a douze ans que ce jour eſt paſſé,) où dans un repas on ſe recria tant ſur ma vivacité ; eh-bien, en conſcience, je n'étois qu'une étourdie. Croiriés-vous que je l'ai été ſouvent exprès pour voir juſqu'où va la duperie des hommes avec nous ; tout me réüſſiſſoit, & je vous aſſeure que dans la bouche d'une laide, mes folies auroient paru dignes des Petites-Maiſons, & peut-être que j'avois beſoin d'être aimable dans tout ce que je diſois de mieux ; car à cette heure que mes agrémens sont passés, je vois qu'on me trouve un esprit assés ordinaire, & cependant je suis plus contente de moi que je ne l'ai jamais été : mais enfin, puisque vous voulés que j'écrive mon Histoire, & que c'est une chose que vous demandés à mon amitié, soyés satisfaite, j'aime encore mieux vous ennuyer que de vous refuser.

Au reste, je parlois tout-à-l'heure de stile, je ne sçai pas seulement ce que c'est; comment fait-on pour en avoir un ? celui que je vois dans les livres, est-ce le bon ? pourquoi donc est-ce qu'il me déplait tant le plus souvent ? Celui de mes lettres vous paroît-il passable ? j'écrirai ceci de même.

N'obliés pas que vous m'avés promis de ne jamais dire qui je suis, je ne veux être connuë que de vous.

Il y a quinze ans que je ne sçavois pas encore, si le sang d'où je sortois étoit noble ou non, si j'étois batarde ou legitime. Ce debut paroît annoncer un roman, ce n'en est pourtant pas un que je raconte ; je dis la verité comme je l'ai apprise de ceux qui m'ont élevée.

Un carosse de voiture qui alloit à Bordeaux, fut dans la route attaqué par des voleurs ; deux hommes qui étoient dedans voulurent faire resistance, & blesserent d'abord un de ces voleurs ; mais ils furent tués avec trois autres personnes, il en couta aussi la vie au cocher & au postillon, & il ne restoit plus dans la voiture qu'un Chanoine de Sens & moi, qui paroissois n'avoir tout au plus que deux ou trois ans. Le Chanoine s'enfuit, pendant que tombée dans la portiere je faisois des cris épouvantables à demi étouffée sous le corps d'une femme qui avoit été blessée, & qui malgré cela voulant se sauver étoit retombée dans la portiere où elle mourut sur moi, & m'écrasoit.

Les chevaux ne faisoient aucun mouvement, & je restai dans cet état un bon quart-d'heure toujours criant,

& sans pouvoir me debarrasser.

Remarqués qu'entre les personnes qui avoient été tuées, il y avoit deux femmes ; l'une belle & d'environ vingt-ans, & l'autre d'environ quarante : la premiere fort bien mise, & l'autre habillée comme le seroit une femme de chambre.

Si l'une des deux étoit ma mere, il y avoit plus d'apparence que c'étoit la jeune & la mieux mise, parce qu'on prétend que je lui ressemblois un peu, du moins à ce que disoient ceux qui la virent morte, & qui me virent aussi ; & que j'étois vêtuë d'une maniere trop distinguée pour n'être que la fille d'une femme de chambre.

J'oubliois à vous dire qu'un laquais qui étoit à un des Cavaliers de la voiture s'enfuit blessé à travers champs, & alla tomber de foiblesse à l'entrée d'un village voisin où il mourut sans dire à qui il appartenoit; tout ce qu'on pût tirer de lui un moment avant qu'il expira, c'est que son maître & sa maîtresse venoient d'être tués, mais cela n'apprenoit rien.

Pendant que je criois ſous le corps de cette femme morte qui étoit la plus jeune, cinq ou ſix Officiers qui couroient la poſte paſſerent, & voyant quelques perſonnes étenduës mortes auprès du caroſſe qui ne bougeoit, entendant un enfant qui crioit dedans, s'arrêterent à ce terrible ſpectacle, ou par la curioſité qu'on a ſouvent pour des choſes qui ont une certaine horreur, ou pour voir ce que c'étoit que cet enfant qui crioit & pour lui donner du ſecours. Ils regardent dans le caroſſe y voyent encore un homme tué, & cette femme morte tombée dans la portiere où ils jugeoient bien par mes cris que j'étois auſſi.

Quelqu'un d'entreux à ce qu'ils ont dit depuis vouloit qu'ils ſe retiraſſent, mais un autre émû de compaſſion pour moi, les arrêta, & mettant le premier pied à terre alla ouvrir la portiere où j'étois, & les autres le ſuivirent: nouvelle horreur qui les frappe, un côté du visage de cette Dame morte étoit sur le mien, & elle m'avoit baignée de son sang. Ils repousserent cette Dame, & toute sanglante me retirerent de dessous elle.

Après cela, il s'agissoit de sçavoir ce qu'on feroit de moi, & où l'on me mettroit : ils voyent de loin un petit village où ils concluent qu'il faut me porter, & me donnent à un domestique qui me tenoit enveloppée dans un manteau.

Leur dessein étoit de me remettre entre les mains du Curé de ce village, afin qu'il me chercha quelqu'un qui voulut bien prendre soin de moi; mais ce Curé chés qui tous les habitans les conduisirent, étoit allé voir un de ses confreres; il n'y avoit chés lui que sa sœur fille très pieuse, à qui je fis tant de pitié qu'elle voulut bien me garder en attendant l'aveu de son frere, il y eut même un procés verbal de fait sur tout ce que je vous ai dit, & qui fut écrit par un espece de Procureur Fiscal du lieu.

Chacun de mes conducteurs ensuite donna genereusement pour moi quelque argent qu'on mit dans une bourse dont on chargea la sœur du Curé, après quoi tout le monde s'en alla.

C'est de la sœur de ce Curé de qui je tiens, tout ce que je viens de vous raconter.

Je suis sûre que vous en fremissés, on ne peut en entrant dans la vie éprouver d'infortune plus grande, & plus bizarre. Heureusement je n'y étois pas quand elle m'arriva; car ce n'est pas y être que de l'éprouver à l'âge de deux ans.

Je ne vous dirai point ce que devint le carosse, ni ce qu'on fit des voyageurs tués, cela ne me regarde point.

Quelques-uns des voleurs furent pris trois ou quatre jours après, & pour comble de malheur on ne trouva dans les habits des personnes qu'ils avoient assassinées, rien qui pût apprendre à qui j'appartenois. On eut beau recourir au regiſtre qui eſt toûjours chargé du nom des voyageurs, cela ne ſervit de rien; on ſçût bien par-là qui ils étoient tous, à l'exception de deux perſonnes d'une Dame & d'un Cavalier, dont le nom aſſés étranger n'inſtruiſit de rien, & peut-être qu'ils n'avoient pas dit le veritable. On vit ſeulement qu'ils avoient pris cinq places, trois pour eux, & pour une petite fille, & deux autres pour un laquais & une femme de chambre qui avoient été tués auſſi.

Par tout cela, ma naiſſance devint impenetrable, & je n'appartins plus qu'à la charité de tout le monde.

L'excès de mon malheur m'attira d'aſſés grands ſecours chés le Curé où j'étois, & qui conſentit auſſi-bien que ſa ſœur à me garder.

On venoit pour me voir de tous les cantons voiſins, on vouloit ſçavoir quelle phiſionomie j'avois, elle étoit devenuë un objet de curioſité, on s'imaginoit remarquer dans mes traits quelque choſe qui ſentoit mon avanture, on se prenoit pour moi d'un goût romanesque; j'étois jolie, j'avois l'air fin; vous ne sçauriés croire combien tout cela me servoit, combien cela rendoit noble & delicat l'attendrissement qu'on sentoit pour moi. On n'auroit pas caressé une petite Princesse infortunée d'une façon plus digne; c'étoit presque du respect que la compassion que j'inspirois.

Les Dames surtout s'interessoient pour moi au délà de ce que je puis vous dire; c'étoit à qui d'entr'elles, me feroit le present le plus joli, me donneroit l'habit le plus galand.

Le Curé qui quoique Curé de village avoit beaucoup d'esprit, & étoit un homme de très bonne famille, disoit souvent depuis que dans tout ce que ces Dames avoient alors fait pour moi, il ne leur avoit jamais entendu prononcer le mot de charité; c'est que c'étoit un mot trop dur, & qui blessoit la mignardise des sentimens qu'elles avoient.

Aussi quand elles parloient de moi, elles ne disoient point cette petite fille, c'étoit toûjours cette aimable enfant.

Etoit-il question de mes parens, c'étoit des étrangers, & sans difficulté de la premiere condition de leur païs; il n'étoit pas possible que cela fut autrement, on le sçavoit comme si on l'avoit vû : il couroit là-dessus un petit raisonnement que chacune d'elles avoit grossi de sa pensée, & qu'ensuite elles croyoient comme si elles ne l'avoient pas fait elles-mêmes.

Mais tout s'use, & les beaux sentimens comme autre chose. Quand mon avanture ne fut plus si fraiche, elle frappa moins l'imagination. L'habitude de me voir dissipa les fantaisies qui me faisoient tant de bien, elle épuisa le plaisir qu'on avoit à m'aimer, ce n'avoit été qu'un plaisir de passage, & au bout de six mois cet aimable enfant ne fut plus qu'une pauvre orpheline à qui on n'épargna pas alors le mot de charité, on disoit que j'en meritois beaucoup. Tous les Curés me recommanderent chés eux, parce que celui chés qui j'étois n'étoit pas riche; mais la religion de ces Dames ne me fut pas si favorable que me l'avoit été leur folie, je n'en tirai pas si bon parti, & j'aurois été fort à plaindre sans la tendresse que le Curé & sa sœur prirent pour moi.

Cette sœur m'éleva comme si j'avois été son enfant. Je vous ai déja dit que son frere & elle étoient de très bonne famille, on disoit qu'ils avoient perdu leur bien par un procès, & que lui, il étoit venu se refugier dans cette Cure où elle l'avoit suivi, car ils s'aimoient beaucoup.

Ordinairement, qui dit niéce ou sœur de Curé de village dit quelque chose de bien grossier & d'approchant d'une paisanne.

Mais cette fille-ci n'étoit pas de même, c'étoit une personne pleine de raison & de politesse, qui joignoit à cela beaucoup de vertu.

Je me souviens que souvent en me

regardant, les larmes lui couloient des yeux au ressouvenir de mon avanture, & il est vrai qu'à mon tour, je l'aimois comme ma mere, je vous avoüerai aussi que j'avois des graces, & de petites façons qui n'étoient point d'un enfant ordinaire, j'avois de la douceur & de la gayeté, le geste fin, l'esprit vif, avec un visage qui promettoit une belle phisionomie; & ce qu'il promettoit, il l'a tenu.

Je passe tout le tems de mon éducation dans mon bas-âge, pendant lequel j'appris à faire je ne sçai combien de petites nippes de femme, industrie qui m'a bien servi dans la suite.

J'avois quinze ans plus ou moins, car on pouvoit s'y tromper, quand un parent du Curé qui n'avoit que sa sœur & lui pour heritiers, leur fit écrire de Paris qu'il étoit dangereusement malade, & cet homme qui leur avoit souvent donné de ses nouvelles, les prioit de se hâter de venir l'un ou l'autre, s'ils vouloient le voir avant qu'il mourut. Le Curé aimoit trop son

devoir

devoir de Pasteur pour quitter sa Cure, & fit partir sa sœur.

Elle n'avoit pas d'abord envie de me mener avec elle, mais deux jours avant son départ, voyant que je m'attristois beaucoup, & que je soupirois; Marianne, me dit-elle, puisque vous craignés tant mon absence, consolés-vous, je veux bien que vous ne me quittiés point, & j'espere que mon frere le voudra bien aussi. Il me vient même actuellement des vûës pour vous, j'ai dessein de vous faire entrer chés quelque marchande, car il est tems de songer à devenir quelque chose, nous vous aiderons toujours pendant que nous vivrons mon frere & moi, sans compter ce que nous pourrons vous laisser après nôtre mort: mais cela ne suffit pas, nous ne sçaurions vous laisser beaucoup; le parent que je vais trouver, & dont nous sommes heritiers, je ne le crois pas fort riche, & il faut vous choisir un état qui puisse contribuer à vous établir. Je vous dis cela, parce que vous commencés à être raisonnable, ma chere Marianne, & je souhaiterois bien avant que de mourir avoir la consolation de vous voir mariée à quelque honnête homme, ou du moins en situation de l'être avantageusement pour vous : il est bien juste que j'aye ce plaisir-là.

Je me jetai entre ses bras après ce discours, je pleurai, & elle pleura, car c'étoit la meilleure personne que j'aye jamais connu, & de mon côté j'avois le cœur bon, comme je l'ai encore.

Le Curé entra là-dessus : Qu'est-ce dit-il à sa sœur, je crois que Marianne pleure ? Elle lui dit alors ce dont nous parlions, & le dessein qu'elle avoit de me mener à Paris avec elle. Je le veux bien, dit-il, mais si elle y reste nous ne la verrons donc plus, & cela me fait de la peine, car je l'aime la pauvre enfant ; nous l'avons élevée, je suis bien vieux, & ce sera peut-être pour toûjours que je lui dirai adieu.

Il n'y avoit rien de si touchant que

cet entretien comme vous le voyés, je ne repondis point au Curé, mais en revanche, je me mis à sangloter de toute ma force, cela les attendrit encore d'avantage, & le bon homme alors s'approchant de moi; Marianne me dit-il, vous partirés avec ma sœur, puisque c'est pour vôtre bien, & que je dois le preferer à tout; nous vous avons tenu lieu de vos parens que Dieu n'a pas permis que vous connussiés, non plus que personne de vôtre famille, ainsi ne faites jamais rien sans nous consulter pendant que nous vivrons; & si ma sœur vous laisse bien placée à Paris, sans quoi il faut que vous reveniés, écrivés nous dans toutes les occasions où vous aurés besoin de nos conseils; pour nous, nous ne vous manquerons jamais.

Je ne vous rapporterai point tout ce qu'il me dit encore avant que nous partissions, j'abrege, car je m'imagine que toutes ces minuties de mon basâge vous ennuyent, cela n'est pas fort interessant, & il me tarde d'en venir à d'autres choſes, j'en ai beaucoup à dire, & il faut que je vous aime bien pour m'être miſe en train de vous faire une hiſtoire qui ſera très longue : je vais barboüiller bien du papier, mais je ne veux pas ſonger à cela, il ne faut pas ſeulement que ma pareſſe le ſache : avançons toûjours.

Nous partimes donc la ſœur du Curé & moi, & nous voila à Paris : il falloit preſque le traverſer tout entier pour arriver chés le parent dont j'ay parlé.

Je ne ſçaurois vous dire ce que je ſentis en voiant cette grande ville, & ſon fracas & ſon peuple & ſes ruës. C'étoit pour moi l'empire de la Lune : je n'étois plus à moi ; je ne me reſſouvenois plus de rien ; j'allois, j'ouvrois les yeux, j'étois étonnée ; & voila tout,

Je me retrouvai pourtant dans la longueur du chemin, & alors je joüis de toute ma ſurpriſe : je ſentis mes mouvemens, je fus charmée de me trouver là, je reſpirai un air qui rejoüit mes esprits, il y avoit une douce sympathie entre mon imagination & les objets que je voyois & je devinois qu'on pouvoit tirer de cette multitude de choses differentes, je ne sçai combien d'agrémens que je ne connoissois pas encore; enfin il me sembloit que les plaisirs habitoient au milieu de tout cela: voyés si ce n'étoit pas là un vrai instinct de femme, & même un pronostic de toutes les avantures qui devoient m'arriver

Le destin ne tarda pas à me les annoñcer, car dans la vie d'une femme comme moi, il faut bien parler du destin. Le parent que nous allions trouver étoit mort quand nous arrivâmes, il y avoit dit-on vingt-quatre heures qu'il étoit expiré.

Ce n'est pas là tout, c'est qu'on avoit mis le scellé chés lui; cet homme avoit été dans les affaires, & on prétendoit qu'il devoit plus qu'il n'avoit vaillant.

Je ne vous dirai point comment on justifioit cela, c'est un détail qui me passe, tout ce que je sçais, c'est que nous ne pûmes loger chés lui, que tout étoit saisi, & qu'après bien des discussions qui durerent trois ou quatre mois, on nous fit voir qu'il n'y avoit pas le soû à esperer de la succession, & que c'étoit dommage qu'elle ne fut pas plus grande, parce qu'elle en auroit mieux payé ses dettes.

N'étoit-ce pas là un beau voyage que nous étions venu faire? Aussi la sœur du Curé en prit-elle un si grand chagrin, qu'elle en tomba malade dans l'auberge où nous étions.

Helas, ce fut à cause de moi, qu'elle s'affligea tant, elle avoit esperé que cette succession la mettroit en état de me faire du bien; & d'ailleurs ce voyage inutile l'avoit épuisé d'argent, ce qu'elle en avoit apporté diminuoit beaucoup, & son frere qui n'avoit que sa Cure auroit bien de la peine à lui en envoyer encore. Pour comble d'embarras, elle étoit malade, qu'elle pitié.

Je l'entendois soupirer : jamais,

cette chere fille ne m'aima tant, parce qu'elle me voyoit plus à plaindre que jamais ; & moi, je la consolois, je lui faisois mille caresses, & elles étoient bien vrayes, car j'étois remplie de sentiment, j'avois le cœur plus fin, & plus avancé que l'esprit, quoique ce dernier ne le fut déja pas mal.

Vous jugés bien qu'elle avoit informé le Curé de toute nôtre histoire, & comme il y a des tems où les malheurs fondent sur les gens avec furie, car on ne sçauroit le penser autrement. Cet honnête homme en allant voir ses confreres avoit fait une chute six semaines après nôtre départ; accident dangereux pour un homme âgé. Il n'avoit pû se lever depuis, il ne faisoit que languir; & les facheuses nouvelles qu'il reçut de sa sœur venant là-dessus, il tomba dans des infirmités qui l'obligerent de se nommer un successeur, & dont son esprit se ressentit autant que son corps. Il eut cependant le tems de nous envoyer encore quelque argent, après quoi il ne fut plus question de le compter même parmi les vivans.

Je frissonne encore en me ressouvenant de ces choses-là : il faut que la terre soit un séjour bien étranger pour la vertu, car elle ne fait qu'y souffrir.

La guerison de la sœur étoit presque desesperée, quand nous aprîmes l'état du frere. A la lecture de la lettre qui nous en informoit, elle fit un cri & s'evanouit.

De mon côté toute en pleurs, j'apelai à son secours : elle revint à elle, & ne versa pas une larme. Je ne lui vis plus dès ce moment qu'une resignation courageuse ; son cœur devint plus ferme, ce ne fut plus cette amitié toujours inquiette qu'elle avoit euë pour moi, ce fut une tendresse vertueuse qui me remit avec confiance entre les mains de celui qui dispose de tout.

Quand son évanouissement fut passé & que nous fûmes seules, elle me dit d'aprocher parce qu'elle avoit à me me parler. Laissés-moi, ma chere amie, vous dire une partie de son discours : le ressouvenir m'en est encor cher, & ce sont les dernieres paroles que j'ai entenduës d'elle.

» Marianne, me dit-elle, je n'ai » plus de frere ; quoiqu'il ne soit pas » encor mort, c'est comme s'il ne » vivoit plus & pour vous & pour » moi. Je sens aussi que vous me » perdrés bientôt ; mais Dieu le veut, » cela me console de l'état où je vous » laisse tout triste qu'il est : il a ses » vûës pour vous qui vallent mieux » que les miennes. Peut-être languirai-je encor quelque tems, peut-être mourrai-je dans la premiere » foiblesse qui me prendra (elle ne » disoit que trop vrai.) Je n'oserois » vous donner l'argent qui me reste, » vous êtes trop jeune, & l'on pourroit vous tromper : je veux le remettre entre les mains du Religieux » qui me vient voir ; je le prierai d'en » disposer sagement pour vous : il est » nôtre voisin ; s'il ne vient pas au-

» jourd'hui, vous irés le chercher de-
» main, afin que je lui parle. Après
» cette unique précaution qui me
» reste à prendre pour vous, je n'ai
» plus qu'une chose à vous dire, c'est
» d'être toûjours sage, je vous ai éle-
» vée dans l'amour de la vertu, si vous
» gardés vôtre éducation, tenés, Ma-
» rianne, vous serés heritiere du plus
» grand trésor qu'on puisse vous lais-
» ser, car avec lui, ce sera vous, ce
» sera vôtre ame qui sera riche ; il est
» vrai, mon enfant, que cela n'em-
» pêchera pas que vous ne soyés pau-
» vre du côté de la fortune & que vous
» n'ayés encore de la peine à vivre ;
» peut-être aussi Dieu recompensera-
» t-il vôtre sagesse dès ce monde : les
» gens vertueux sont rares, mais ceux
» qui estiment la vertu ne le sont
» pas ; d'autant plus qu'il y a mille oc-
» casions dans la vie où l'on a absolu-
» ment besoin des personnes qui en
» ont ; par exemple, on ne veut se
» marier qu'à une honnête fille, est-
» t-elle pauvre, on n'est point des-

» honoré en l'épouſant; n'a-t-elle que
» des richeſſes ſans vertu, on ſe deſ-
» honore, & les hommes ſeront toû-
» jours dans cet eſprit là, cela eſt plus
» fort qu'eux, ma fille, ainſi vous trou-
» verés quelque jour vôtre place; &
» d'ailleurs la vertu eſt ſi douce, ſi con-
» ſolante dans le cœur de ceux qui
» en ont fuſſent-t-ils toûjours pauvres,
» leur indigence dure ſi peu, la vie eſt
» ſi courte; les hommes qui ſe moc-
» quent le plus de ce qu'on appelle
» ſageſſe, traitent pourtant ſi cavalie-
» rement une femme qui ſe laiſſe ſe-
» duire, ils acquierent des droits ſi
» inſolens avec elle, ils la puniſſent
» tant de ſon deſordre, ils la ſentent ſi
» dépourveuë contr'eux, ſi deſarmée, ſi
» degradée, à cauſe qu'elle a perdu cet-
» te vertu dont-ils ſe mocquoient,
» qu'en verité ma fille, ce n'eſt que
» faute d'un peu de reflexion qu'on ſe
» derange, car en y ſongeant qui eſt-
» ce qui voudroit ceſſer d'être pauvre,
» à condition d'être infame.

Quelqu'un de la maiſon qui entra

alors, l'empêcha d'en dire d'avantage; peut-être êtes vous curieuse de sçavoir ce que je lui repondis ; rien , car je n'en eus pas la force ; son discours, & les idées de sa mort m'avoient boulversé l'esprit, je lui tenois son bras que je baisai mille fois, voilà tout, mais je ne perdis rien de tout ce qu'elle me dit, & en verité je vous le rapporte presque mot pour mot, tant j'en fus frappée; aussi avois-je alors quinze ans & demi pour le moins, avec toute l'intelligence qu'il faloit pour entendre cela.

Venons maintenant à l'usage que j'en ai fait, que de folies je vais bientôt vous dire : faut-il qu'on ne soit sage, que quand il n'y a point de merite à l'être ; que veut-t-on dire en parlant de quelqu'un quand on dit qu'il est en âge de raison ; c'est mal parler, cet âge de raison est bien plûtôt l'âge de la folie. Quand cette raison nous est venuë, nous l'avons comme un bijou d'une grande beauté, que nous regardons souvent, que nous estimons beaucoup, mais que nous ne mettons jamais en œuvre. Souffrés mes petites reflexions, j'en ferai toûjours quelqu'une en passant, mes foiblesses m'ont bien acquis le droit d'en faire. Poursuivons ; j'ai été jusqu'ici à la charge d'autrui, & je vais bientôt être à la mienne.

La sœur du Curé m'avoit dit qu'elle craignoit de mourir dans la premiere foiblesse qui lui prendroit, & elle prophetisoit. Je ne voulus point me coucher cette nuit-là, je la veillai, elle reposa assés tranquillement jusqu'à deux heures après minuit ; mais alors je l'entendis se plaindre, je courus à elle, je lui parlai, elle n'étoit plus en état de me repondre. Elle ne fit que me serrer la main très legerement, & elle avoit le visage d'une personne expirante.

La frayeur alors s'empara de moi, & ce fut une frayeur qui me vint de la certitude de la perdre : je tombai dans l'égarement, je n'ai de ma vie rien senti de si terrible ; il me sembla que tout l'univers étoit un desert où j'allois rester seule, je connus combien je l'aimois, combien elle m'avoit aimée ; tout cela se peignit dans mon cœur d'une maniere si vive, que cette image-là me desoloit.

Mon Dieu combien de douleur, peut entrer dans nôtre ame, jusqu'à quel degré peut-on être sensible ! Je vous avoüerai que l'épreuve que j'ai fait de cette douleur dont nous sommes capables, est une des choses qui m'a le plus épouvantée dans ma vie quand j'y ai songé, je lui dois même le goût de retraite où je suis apresent.

Je ne sçai point philosopher, & je ne m'en soucie guere, car je crois que cela n'apprend rien qu'à discourir; les gens que j'ai entendu raisonner là-dessus, ont bien de l'esprit asseurement; mais je crois que sur certaine matiere, ils ressemblent à ces nouvellistes qui font des nouvelles quand ils n'en ont point, ou qui corrigent celles qu'ils reçoivent quand elles ne leur plaisent pas. Je pense pour moi qu'il n'y a que le sentiment qui nous puisse donner des nouvelles un peu seures de nous, & qu'il ne faut pas trop se fier à celles que nôtre esprit veut faire à sa guise, car je le crois un grand visionnaire.

Mais reprenons vîte mon recit, je suis toute honteuse du raisonnement que je viens de faire, & j'étois toute glorieuse en le faisant ; vous verrés que j'y prendrai goût, car dans tout il n'y a, dit-on, que le premier pas qui coute;eh pourquoi n'y reviendrois-je pas? est-ce à cause que je ne suis qu'une femme & que je ne sçai rien? le bon sens est de tout sexe, je ne veux instruire personne, j'ai cinquante ans passés; & un honnête homme très sçavant me disoit l'autre jour que quoique je ne sçûsse rien, je n'étois pas plus ignorante que ceux qui en sçavoient plus que moi; oüi, c'est un sçavant du premier ordre qui a parlé comme cela;car ces hommes tous fiers qu'ils sont de leur science, ils ont quelquefois des momens où la verité leur échape d'abondance de cœur, & où ils se sentent si las de leur presomption, qu'ils la quittent pour respirer en francs ignorans comme ils sont; cela les soulage, & moi de mon côté, j'avois besoin de dire un peu ce que je pensois d'eux.

Je fus donc frappée d'une douleur mortelle en voyant que cette vertueuse fille à qui je devois tant, se mouroit : elle avoit eu beau me parler de sa mort, je n'avois point imaginé que sa maladie la conduisit jusques-là.

Mes gemissemens firent retentir la maison, ils reveillerent tout le monde; l'hôte & l'hôtesse se doutant de la verité se leverent, & vinrent frapper à la porte de nôtre chambre, je l'ouvris sans sçavoir que je l'ouvrois, ils me parlerent, & je faisois des cris pour toute reponse; ils furent bientôt instruits de la cause de ma désolation, & voulurent secourir cette fille expirante, & peut-être déja expirée, car elle n'avoit plus de mouvement, mais une demie heure après on vit qu'elle étoit morte. Les domestiques arriverent, il se fit un fracas pendant lequel je perdis connoissance, & on me porta dans une chambre voisine sans que je le sentisse. De l'état où je fus ensuite, je n'en parlerai point, vous le devinés bien, & moi-même ce recit-là m'attriste encore.

Enfin me voilà seule, & sans autre guide qu'une experience de quinze ans & demi plus ou moins. Comme la défunte m'avoit fait passer pour sa niéce, & que j'avois l'air raisonnable, on me rendit compte de tout ce qu'on disoit lui avoir trouvé, & qui ne valoit pas la peine qu'on y fit plus de ceremonie, quand même on m'auroit remis tout ce qu'il y avoit. Mais une partie du linge fut volé avec d'autres bagatelles, & de près de quatre cent livres que je sçavois qui lui restoient, on en prit bien la moitié, je pense; je m'en plaignis, mais si foiblement que je n'insistai point. Dans l'affliction où j'étois, je n'avois plus rien à cœur. Comme je ne voyois plus personne qui prit part à moi, ni à ma vie, je n'y en prenois plus moi-même, & cette maniere de penser me mettoit dans un état qui ressembloit à de la tranquilité : mais qu'on est à plaindre avec cette tranquilité-là ; on est plus digne de pitié que dans le desespoir le plus emporté.

Tout le monde de la maison paroissoit s'interesser beaucoup à moi, sur tout l'hôte & sa femme qui venoient tendrement me consoler d'un malheur dont-ils avoient fait leur profit : & tout est plein de pareils gens dans la vie;en general personne ne marque tant de zele pour adoucir vos peines, que les fourbes qui les ont causées & qui y gagnent.

Je laissai vendre des habits dont on me donna ce qu'on voulut, & il y avoit déja quinze jours que ma chere tante, comme on l'appelloit, & je dirois volontiers ma chere mere, ou plûtôt mon unique amie, car il n'y a point de qualité qui ne le cede à cellelà,ni de cœur plus tendre, plus infaillible que le cœur inspiré par la veritable amitié;il y avoit donc déja quinze jours que cette amie étoit morte, & je les avois passés dans cette auberge sans sçavoir ce que je deviendrois, ni sans m'en mettre en peine, quand ce Religieux dont j'ai déja parlé, qui venoit souvent voir la défunte, & qui avoit été malade aussi, vint encore pour sçavoir de ses nouvelles, il apprit sa mort avec chagrin, & comme il étoit le seul qui sçût le secret de ma naissance, que la défunte avoit trouvé à propos de l'en instruire, & que je sçavois qu'il en étoit instruit, je le vis arriver avec plaisir.

Il fut extrêmement sensible à mon malheur, & au peu de souci que j'avois de moi dans ma consternation; il me parla là-dessus d'une maniere très touchante, me fit envisager les dangers que je courois en restant dans cette maison, seule, & sans être reclamée de qui que soit au monde : & effectivement c'étoit une situation qui m'exposoit d'autant plus que j'étois d'une figure très aimable, & à cet âge où les graces ſont ſi charmantes, parce qu'elles ſont ingenuës & toutes fraiches écloſes.

Son diſcours fit ſon effet, j'ouvris les yeux ſur mon état, & je pris de l'inquietude de ce que je deviendrois; cette inquietude me jetta encore mille fantômes dans l'eſprit; où irai-je lui diſois-je en fondant en larmes, je n'ai perſonne ſur la terre qui me connoiſſe, je ne ſuis la fille ni la parente de qui que ce ſoit? A qui demanderai-je du ſecours? qui eſt-ce qui eſt obligé de m'en donner? que ferai-je en ſortant d'ici? l'argent que j'ai ne me durera pas long-tems, on peut me le prendre, & voilà la premiere fois que j'en ai, & que j'en depenſe.

Ce bon Religieux ne ſçavoit que me repondre, je crûs même voir à la fin que je lui étois à charge, parce que je le conjurois de me conduire; & ces bonnes gens, quand ils vous ont parlé, qu'ils vous ont exhorté, ils ont fait pour vous tout ce qu'ils peuvent faire.

De retourner à mon village, c'étoit

une folie, je n'y avois plus d'azile, je n'y retrouverois qu'un vieillard tombé dans l'imbecillité, qui avoit tout vendu pour nous envoyer le dernier argent que nous avions reçû, & qui achevoit de mourir ſous la tutelle d'un ſucceſſeur que je connoiſſois pas, à qui j'étois inconnuë, ou pour le moins indifferente. Il n'y avoit donc nulle reſſource de ce côté-là, & en verité la tête m'en tournoit de frayeur.

Enfin ce Religieux à force de chercher & d'imaginer, penſa à un homme de conſideration charitable & pieux, qui s'étoit, diſoit-il, devoüé aux bonnes œuvres, & à qui il promit de me recommander dès le lendemain. Mais je n'entendois plus raiſon, il n'y avoit point de lendemain à me promettre, je ne pouvois ſupporter d'attendre juſques là, je pleurois, je me deſolois : il vouloit ſortir, je le retenois, je me jettois à ſes genoux : Point de lendemain, lui diſois-je ; tirés moi d'ici tout-à-l'heure, ou bien vous allés me jetter au deſeſpoir. Que voulés vous que je fasse ici ? on m'y a déja pris une partie de ce que j'avois, peut-être cette nuit me prendra-on le reste : on peut m'enlever, je crains pour ma vie, je crains pour tout, & asseurement je n'y resterai point, je mourrai plûtôt, je fuirai & vous en serés faché.

Ce Religieux alors qui étoit dans un embarras cruel, & qui ne pouvoit se debarrasser de moi, s'arrêta, se mit à rever un moment, ensuite prit une plume & du papier, & écrivit un billet à la personne dont-il m'avoit parlé. Il me le lût, le billet étoit pressant, il la conjuroit par toute sa religion de venir où nous étions. Dieu vous y reserve, lui disoit-il, l'action de charité la plus précieuse à ses yeux, & la plus meritoire que vous ayés jamais faite: & pour l'exciter encore d'avantage, il lui marquoit mon sexe, mon âge, & ma figure, & tout ce qui pouvoit en arriver, ou par ma foiblesse, ou par la corruption des autres.

Le billet écrit, je le fis porter à son

adreſſe, & en attendant la reponſe je gardois ce Religieux à vûë, car j'avois reſolu de ne point coucher cette nuit là dans la maiſon. Je ne ſçaurois pourtant vous dire préciſement quel étoit l'objet de ma peur, & voilà pourquoi elle étoit ſi vive : tout ce que je ſçai, c'eſt que je me repreſentois la phiſionomie de mon hôte, que je n'avois jamais trop remarquée juſques là ; & dans cette phiſionomie alors, j'y trouvois des choſes terribles; celle de ſa femme me paroiſſoit ſombre, tenebreuſe, les domeſtiques avoient la mine de ne valoir rien, enfin tous ces viſages là me faiſoient fremir, je n'y pouvois tenir, je voyois des épées, des poignards, des aſſaſſinats, des vols, des inſultes, mon ſang ſe glaçoit aux perils que je me figurois ; car quand une fois l'imagination eſt en train, malheur à l'eſprit qu'elle gouverne.

J'entretenois le Religieux de mes idées noires, quand celui qui avoit fait nôtre meſſage nous vint dire que le carosse de l'honnête homme en question nous attendoit en bas, & qu'il n'avoit pû ni écrire ni venir lui-même, parce qu'il étoit en affaire quand il avoit reçû le billet. Sur le champ, je fis mon paquet, on auroit dit qu'on me rachettoit la vie; je fis appeller cet hôte & cette hôtesse si effrayans, & il est vrai qu'ils n'avoient pas trop bonne mine, & que l'imagination n'avoit pas grand ouvrage à faire pour les rendre desagreables. Ce qui est de sûr, c'est que j'ai toûjours retenu leurs visages, je les vois encore, je les peindrois, & dans le cours de ma vie, j'ai connu quelques honnêtes gens que je ne pouvois souffrir, à cause que leur phisionomie avoit quelque air de ces visages là.

Je montai donc dans le carosse avec ce Religieux, & nous arrivons chés la personne en question. C'étoit un homme de cinquante à soixante ans, encore assés bien fait, fort riche, d'un visage doux & serieux, où l'on voyoit un air de mortification qui em-

empêchoit qu'on ne remarqua tout son embonpoint.

Il nous reçût bonnement & sans façon, & sans autre compliment que d'embrasser d'abord le Religieux, il jetta un coup d'œil sur moi & puis nous fit asseoir.

Le cœur me batoit, j'étois honteuse, embarrassée, je n'osois lever les yeux, mon petit amour propre étoit étonné, & ne sçavoit où il en étoit. Voyons, dequoi s'agit-il? dit alors nôtre homme pour entamer la conversation, & en prenant la main du Religieux qu'il serra avec componction dans la sienne. Là-dessus le Religieux lui conta mon histoire. Voilà, repondit-il, une avanture bien particuliere, & une situation bien triste. Vous pensiés juste mon pere quand vous m'avés écrit, qu'on ne pouvoit faire une meilleure action que de rendre service à Mademoiselle. Je le crois de même, elle a plus besoin de secours qu'un autre par mille raisons, & je vous suis obligé de vous être adressé à moi pour cela ; je benis le moment où vous avés été inspiré de m'avertir, car je suis penetré de ce que je viens d'entendre : allons examinons un peu de quelle façon nous nous y prendrons : quel âge avés vous, ma chere enfant ? ajoûta - il, en me parlant avec une charité cordiale. A cette question je me mis à soupirer sans pouvoir repondre. Ne vous affligés pas, me dit-il, prenés courage, je ne demande qu'à vous être utile ; & d'ailleurs Dieu est le maître, il faut le loüer de tout ce qu'il fait : dites moi donc, quel âge avés vous à peu près ? Quinze ans & demi, repris-je, & peut-être plus. Effectivement, dit-il, en se retournant du côté du Pere, à la voir on lui en donneroit d'avantage, mais sur sa phisionomie j'augure bien de son cœur, & du caractere de son esprit, on est même porté à croire qu'elle a de la naissance : en verité son malheur est bien grand, que les desseins de Dieu sont impenetrables !

Mais revenons au plus pressé, ajoûta-il après s'être ainsi prosterné en esprit devant les desseins de Dieu, comme vous n'avés nulle fortune dans ce monde, il faut voir à quoi vous vous destinés : la Demoiselle qui est morte n'avoit-t-elle rien resolu pour vous? Elle avoit, lui dis-je, intention de me mettre chés une marchande. Fort bien, reprit-il, j'approuve ses vûës, sont-elles de vôtre goût? parlés franchement, il y a plusieurs choses qui peuvent vous convenir : j'ai par exemple une belle-sœur qui est une personne très raisonnable, fort à son aise, & qui vient de perdre une Demoiselle qui étoit à son service, qu'elle aimoit beaucoup, & à qui elle auroit fait du bien dans la suite; si vous vouliés tenir sa place, je suis persuadé qu'elle vous prendroit avec plaisir.

Cette proposition me fit rougir: Helas, Monsieur, lui dis-je, quoique je n'aye rien, & que je ne sçache à qui je suis, il me semble que j'aimerois mieux mourir que d'être chés quelqu'un en qualité de domestique, & si j'avois mon pere & ma mere, il y a toute apparence que j'en aurois moi-même au lieu d'en servir à personne.

Je lui repondis cela d'une maniere fort triste, après quoi versant quelques larmes. Puisque je suis obligée de travailler pour vivre, ajoutai-je en sanglotant, je prefere le plus petit metier qu'il y ait, & le plus penible, pourvû que je sois libre, à l'état dont vous me parlés, quand j'y devrois faire ma fortune. Eh mon enfant, me dit-il, tranquillisés vous, je vous louë de penser comme cela, c'est une marque que vous avés du cœur, & cette fierté là est permise; il ne faut pas la pousser trop loin, elle ne seroit plus raisonnable : quelque conjecture avantageuse qu'on puisse faire de vôtre naissance, cela ne vous donne aucun état, & vous devés vous regler là dessus; mais enfin nous suivrons les vûës de cette amie que vous avés perduë, il en coûtera d'avantage, c'est une pension qu'il faudra payer, mais n'importe, dès aujourd'hui vous serés placée, je vais vous mener chés ma marchande de linge, & vous y serés la bien vênuë : êtes vous contente ? Oüi Monsieur, lui dis-je, & jamais je n'oublierai vos bontés. Profités en Mademoiselle, dit alors le Religieux qui nous avoit jusques là laissé faire tout nôtre dialogue, & comportés vous d'une maniere qui recompense Monsieur des soins où sa pieté l'engage pour vous. Je crains bien, reprit alors nôtre homme d'un ton devot, & scrupuleux, je crains bien de n'avoir pas de merite à la secourir, car je suis trop sensible à son infortune.

Alors, il se leva, & dit : Ne perdons point de tems, il se fait tard, allons chés la marchande dont je vous ai parlé Mademoiselle ; pour vous mon Pere, vous pouvés apresent vous retirer, je vous rendrai bon compte du depôt que vous me confiés. Là-dessus le Religieux nous quitta, je le remerciai de ses peines en beguayant, car j'étois toute troublée, & nous voilà en chemin dans le carrosse de mon bienfaicteur.

Je voudrois bien pouvoir vous dire tout ce qui se passoit dans mon esprit, & comment je sortis de cette conversation que je venois d'essuyer, & dont je ne vous ai dit que la moindre partie, car il y eut bien d'autres discours très mortifians pour moi. Et il est bon de vous dire que toute jeune que j'étois j'avois l'ame un peu fiere; on m'avoit élevée avec douceur, & même avec des égards, & j'étois bien étourdie d'un entretien de cette espece. Les bienfaits des hommes sont accompagnés d'une maladresse si humiliante pour les personnes qui les reçoivent. Imaginés vous qu'on avoit épluché ma misere pendant une heure, qu'il n'avoit été question que de la compassion que j'inspirois, que du grand merite qu'il y auroit à me faire du bien, & puis c'étoit la religion qui vouloit qu'on prit soin de moi, ensuite venoit un faste de reflexions charitables, une enflure de sentimens devots. Jamais la charité n'étala ses tristes devoirs avec tant d'appareil, j'avois le cœur noyé dans la honte, & puisque j'y suis, je vous dirai que c'est quelque chose de bien cruel que d'être abandonné au secours de certaines gens : car qu'est-ce qu'une charité qui n'a point de pudeur avec le miserable, & qui avant que de le soulager commence par écraser son amour propre? la belle chose, qu'une vertu qui fait le desespoir de celui sur qui elle tombe! Est-ce qu'on est charitable, à cause qu'on fait des œuvres de charité? il s'en faut bien; Quand vous venés vous appesantir sur le détail de mes maux, dirois-je à ces gens-là; quand vous venés me confronter avec toute ma misere, & que le céremonial de vos questions, ou plûtôt de l'interrogatoire dont vous m'accablés, marche devant les secours que vous me donnés; voilà ce que vous appellés faire une œuvre de charité, & moi je dis que c'est une œuvre brutale & haïssable, œuvre de mêtier, & non de sentiment.

J'ai fini, que ceux qui ont besoin

de leçon là-dessus, profitent de celle que je leur donne; elle vient de bonne part, car je leur parle d'aprés mon experience.

Je me suis laissée dans le carrosse avec mon homme, pour aller chés la marchande : je me souviens qu'il me questionnoit beaucoup dans le chemin, & que je lui repondois d'un ton bas & douloureux; je n'osois me remuer, je ne tenois presque point de place, & j'avois le cœur mort.

Cependant malgré l'aneantissement où je me sentois, j'étois étonnée des choses dont-il m'entretenoit, je trouvois sa conversation singuliere, il me sembloit que mon homme se mitigeoit, qu'il étoit plus flateur que zelé, plus genereux que charitable; il me paroissoit tout changé.

Je vous trouve bien genée avec moi, me disoit-il; je ne veux point vous voir dans cette contrainte là, ma chere fille, vous me haïriés bientôt, quoique je ne vous veüille que du bien. Nôtre conversation avec ce Religieux

ligieux vous a renduë triste ; le zele de ces gens-là n'est pas consolant, il est dur, & il faut faire comme eux, mais moi j'ai naturellement le cœur bon ; ainsi vous pouvés me regarder comme vôtre ami, comme un homme qui s'interesse à vous de tout son cœur, & qui veut avoir vôtre confiance, entendés vous : je me retiens le privilege de vous donner quelques conseils, mais je ne pretens pas qu'ils vous effarouchent ; je vous dirai par exemple que vous êtes jeune & jolie, & que ces deux belles qualités vont vous exposer aux poursuites du premier étourdi qui vous verra, & que vous feriés mal de l'écouter parce que cela ne vous meneroit à rien, & ne merite pas vôtre attention ; c'est à vôtre fortune à qui il faut que vous la donniés, & à tout ce qui pourra l'avancer. Je sçais bien qu'à vôtre âge on est charmé de plaire, & vous plairés même sans y tâcher, j'en suis seur, mais du moins ne vous souciés point trop de plaire à tout le monde, surtout à mille petits ſoupirans, que vous ne devés pas regarder dans la ſituation où vous êtes. Ce que je vous dis là n'eſt point d'une ſeverité outrée, continua-il d'un air aiſé en me prenant la main que j'avois belle. Non, Monſieur, lui dis-je. Et puis voyant que j'étois ſans gans; Je veux vous en acheter, me dit-il, cela conſerve les mains, & quand on les a belles, il faut y prendre garde.

Là-deſſus il fait arrêter le carroſſe, & m'en prit pluſieurs paires que j'eſſayai toutes avec le ſecours qu'il me prêtoit; car il voulut m'aider, & moi je le laiſſois faire en rougiſſant de mon obeïſſance, & je rougiſſois ſans ſçavoir pourquoi, ſeulement par un inſtinct qui me mettoit en peine de ce que cela pouvoit ſignifier.

Toutes ces petites particularités au reſte, je vous les dis, parce qu'elles ne ſont pas ſi bagatelles qu'elles le paroiſſent.

Nous arrivâmes enfin chés la marchande, qui me parut une femme aſsés bien faite, & qui me reçût aux conditions dont-ils convinrent pour ma pension. Il me semble qu'il lui parla long-tems à part, mais je n'imaginai rien là-dessus, & il s'en alla en disant qu'il nous reviendroit voir dans quelques jours, & en me recommandant extrêmement à la marchande, qui après qu'il fut parti me fit voir une petite chambre où je mis mes hardes, & où je devois coucher avec une compagne.

Cette marchande il faut que je vous la nomme pour la facilité de l'histoire. Elle s'appelloit Madame Dutour; c'étoit une veuve qui je pense n'avoit pas plus de trente ans; une grosse rejoüie, qui à vûë d'œil paroissoit la meilleure femme du monde, aussi étoit-elle. Son domestique étoit composé d'un petit garçon de six ou sept ans qui étoit son fils, d'une servante, & d'une nommée Mademoiselle Toinon sa fille de boutique.

Quand je serois tombé des nûës, je n'aurois pas été plus étourdie que je l'étois : les perſonnes qui ont du ſentiment ſont bien plus abattuës que d'autres dans de certaines occaſions, parce que tout ce qui leur arrive les penetre, il y a une triſteſſe ſtupide qui les prend, & qui me prit; Madame Dutour fit de ſon mieux pour me tirer de cet état là.

Allons, Mademoiſelle Marianne, me diſoit-t-elle (car elle avoit demandé mon nom) vous êtes avec de bonnes gens, ne vous chagrinés point, j'aime qu'on ſoit guaye; qu'avés vous qui vous fache ? eſt-ce que vous vous deplaiſés ici ? moi dès que je vous ai vûë, j'ai pris de l'amitié pour vous : tenés voilà Toinon qui eſt une bonne enfant, faites connoiſſance enſemble. Et c'étoit en ſoupant qu'elle me tenoit ce diſcours, à quoi je ne repondois que par une inclination de tête, & avec une phiſionomie dont la douceur remercioit ſans que je parlaſſe. Quelquefois je m'encourageois juſqu'à dire, vous avés bien de la bonté; mais en verité, j'étois déplacée, & je n'étois pas faite pour être là.

Je ſentois dans la franchiſe de cette femme là, quelque choſe de groſſier qui me rebutoit.

Je n'avois pourtant encore vecu qu'avec mon Curé & ſa ſœur, & ce n'étoit pas des gens du monde il s'en faloit bien, mais je ne leur avois vû que des manieres ſimples & non pas groſſieres, leurs diſcours étoient unis & ſenſés; d'honnêtes gens, vivans mediocrement, pouvoient parler comme ils parloient, & je n'aurois rien imaginé de mieux, ſi je n'avois jamais vû autre choſe: au-lieu qu'avec ces gens-ci, je n'étois pas contente, je leur trouvois un jargon, un ton bruſque qui bleſſoit ma delicateſſe. Je me diſois déja que dans le monde, il faloit qu'il y eut quelque choſe qui valoit mieux que cela; je ſoupirois après, j'étois triſte d'être privée de ce mieux que je ne connoiſſois pas: dites moi d'où cela venoit? où eſt-ce que j'avois pris mes delicateſſes? étoient-elles dans mon ſang? cela ſe pourroit bien: venoient-elles du ſejour que j'avois fait à Paris ? cela ſe pourroit encore:il y a des ames perçantes, à qui il n'en faut pas beaucoup montrer pour les inſtruire, & qui ſur le peu qu'elles voyent, ſoupçonnent tout d'un coup tout ce qu'elles pourroient voir.

La mienne avoit le ſentiment bien ſubtil, je vous aſſeure, ſurtout dans les choſes de ſa vocation, comme étoit le monde. Je ne connoiſſois perſonne à Paris, je n'en avois vû que les ruës ; mais dans ces ruës, il y avoit des perſonnes de toutes eſpeces, il y avoit des carroſſes, & dans ces carroſſes, un monde qui m'étoit très nouveau, mais point étranger. Et ſans doute il y avoit en moi un goût naturel, qui n'attendoit que ces objets là pour s'y prendre, de ſorte que quand je les voyois, c'étoit comme ſi j'avois rencontré ce que je cherchois.

Vous jugés bien qu'avec ces diſpoſitions, Madame Dutour ne me convenoit point, non plus que Mademoiſelle Toinon ; qui étoit une grande fille qui ſe redreſſoit toûjours,

& qui manioit sa toile avec tout le jugement & toute la décence possible, elle y étoit toute entiere, & son esprit ne passoit pas son aûne.

Pour moi, j'étois si gauche à ce metier là, que je l'impatientois à tout moment. Il faloit voir de quel air elle me reprenoit, avec quelle fierté de sçavoir elle corrigeoit ma maladresse: & ce qui est plaisant, c'est que l'effet ordinaire de ses corrections, c'étoit de me rendre encore plus maladroite, parce que j'en devenois plus dégoutée.

Nous couchions dans la même chambre, comme je vous l'ai déja dit, & là, elle me donnoit des leçons pour parvenir disoit-elle : ensuite, elle me contoit l'état de ses parens, leurs facultés, leur caractere, ce qu'ils lui avoient donné pour ses dernieres étrennes. Après venoit un amant qu'elle avoit, qui étoit un beau garçon fait au tour, & puis nous irions nous promener ensemble; & moi sans en avoir d'envie, je lui repondois que je le voulois bien. Les inclinations de Madame Dutour n'étoient pas oubliées; son amant l'auroit déja épousée, mais il n'étoit pas assés riche, & en attendant, il l'a voyoit toûjours, venoit souvent manger chés elle, & elle lui faisoit un peu trop bonne chere. C'est pour vous divertir que je vous conte cela, passés-le si cela vous ennuye.

Monsieur de Climal, c'étoit ainsi que s'appelloit celui qui m'avoit mis chés Madame Dutour, revint trois ou quatre jours après m'avoir laissée là. J'étois alors dans nôtre chambre avec Mademoiselle Toinon qui me montroit ses belles hardes, & qui sortit par sçavoir vivre dès qu'il fut entré.

Eh bien, Mademoiselle, comment vous trouvés vous ici? me dit-il. Mais Monsieur, repondis-je, j'espere que je m'y ferai. J'aurois, repondit-il, grande envie que vous fussiés contente, car je vous aime de tout mon cœur; vous m'avés plû tout d'un coup, &

je vous en donnerai toutes les preuves que je pourrai;pauvre enfant que j'aurai de plaiſir à vous rendre ſervice, mais je veux que vous ayés de l'amitié pour moi. Il faudroit que je fuſſe bien ingrate pour en manquer, lui repondis-je. Non non, reprit-il, ce ne ſera point par ingratitude que vous ne m'aimerés point, c'eſt que vous n'aurés pas avec moi une certaine liberté que je veux que vous ayés. Je ſçai trop le reſpect que je vous dois, lui dis-je. Il n'eſt pas ſûr que vous m'en deviés, dit-il, puiſque nous ne ſçavons pas qui vous êtes; mais Marianne, ajoûta-il en me prenant la main qu'il ſerroit imperceptiblement, ne feriés vous pas un peu plus familiere avec un ami qui vous voudroit autant de bien que je vous en veux? voilà ce que je demande: vous lui diriés vos ſentimens, vos goûts, vous aimeriés à le voir, pourquoi ne feriés vous pas de même avec moi? Oh, que j'y veux mettre ordre abſolument, ou nous aurons querelle enſemble. A propos, j'oubliois à vous donner de l'argent : & en diſant cela il me mit quelques loüis-d'or dans la main. Je les refuſai d'abord,& lui dis qu'il me reſtoit quelque argent de la défunte, mais malgré cela il me força de les prendre ; je les pris donc avec honte, car cela m'humilioit ; mais je n'avois pas de fierré à écouter là-deſſus avec un homme qui s'étoit chargé de moi pauvre orpheline, & qui paroiſſoit vouloir me tenir lieu de pere.

Je fis une reverence aſſés ſerieuſe en recevant ce qu'il me donnoit. Eh ; me dit-il,ma chere Marianne,laiſſons là les reverences,& montrés moi que vous êtes contente. Combien m'allés vous ſaluer de fois pour un habit que je vais vous acheter, voyons ? Je ne fis pas ce me ſemble une grande attention à l'habit qu'il me promettoit, mais il dit cela d'un air ſi bon & ſi badin qu'il me gagna le cœur, je vous l'avouë ; mes repugnances me quitterent,un vif ſentiment de reconnoiſsance en prit la place, & je me jetai sur son bras que j'embrassai de fort bonne grace, & presqu'en pleurant de sensibilité.

Il fut charmé de mon mouvement, & me prit la main qu'il baisa d'une maniere fort tendre ; façon de faire qui au milieu de mon petit transport me parut encore singuliere, mais toûjours de cette singularité qui m'étonnoit sans rien m'apprendre, & que je penchois à regarder comme des expressions un peu extraordinaires de son bon cœur.

Quoiqu'il en soit la conversation de ma part devint dès ce moment là plus aisée, mon aisance me donna des graces qu'il ne me connoissoit pas encore ; il s'arrêtoit de tems en tems à me considerer avec une tendresse, dont je remarquois toûjours l'excès, sans y entendre plus de finesse.

Il n'y avoit pas moyen non plus qu'alors j'en penetrasse d'avantage, mon imagination avoit fait son plan sur cet homme là, & quoique je le visse enchanté de moi, rien n'empêchoit que ma jeunesse, ma situation, mon esprit, & mes graces ne lui eussent donné pour moi une affection très innocente: on peut se prendre d'une tendre amitié pour les personnes de mon âge dont on veut avoir soin; on se plaît à leur voir du merite, parce que nos bienfaits nous en feront plus d'honneur; enfin on aime ordinairement à voir l'objet de sa generosité; & tous les motifs de simple tendresse qu'un bienfaicteur peut avoir dans ce cas là, une fille de plus de quinze ans & demi, quoi qu'elle n'ait rien vû, les sent & les devine confusement, elle n'en est non plus surprise, que de voir l'amour de son pere & de sa mere pour elle; & voilà comment j'étois: je l'aurois plûtôt pris pour un original dans ses façons que pour ce qu'il étoit; il avoit beau reprendre ma main, l'approcher de la bouche en badinant, je n'admirois là-dedans que la rapidité de son inclination pour moi, & cela me touchoit plus que tous ses bienfaits ; car à l'âge où j'étois, quand on n'a point encore souffert, on ne sçait point trop l'avantage qu'il y a d'être depourvûë de tout.

Peut-être devrois-je passer tout ce que je vous dis là, mais je vais comme je puis, je n'ai garde de songer que je vous fais un livre, cela me jetteroit dans un travail d'esprit dont je ne sortirois pas, je m'imagine que je vous parle, & tout passe dans la conversation : continuons la donc.

Dans ce tems on se coëffoit en cheveux, & jamais creature ne les a eu plus beaux que moi ; cinquante ans que j'ai n'en ont fait que diminuer la quantité sans en avoir changé la couleur, qui est encore du plus clair châtain.

Monsieur de Climal les regardoit, les touchoit avec passion, mais cette passion je la regardois comme un pur badinage. Marianne, me disoit-il quelquefois, vous n'êtes point si à plaindre, de si beaux cheveux, & ce visage là, ne vous laisseront manquer de rien.

Ils ne me rendront ni mon pere ni ma mere, lui repondis-je. Ils vous feront aimer de tout le monde, me dit-il, & pour moi je ne leur refuſerai jamais rien. Oh pour cela Monſieur, luidis-je, je compte ſur vous & ſur vôtre bon cœur. Sur mon bon cœur, reprit-il en riant, eh vous parlés donc de cœur, chere enfant ; & le vôtre, ſi je vous le demandois me le donneriés vous ? Helas vous le merités bien, lui dis-je naïvement.

A peine lui eus-je repondu cela, que je vis dans ſes yeux quelque choſe de ſi ardent, que ce fut un coup de lumiere pour moi ; ſur le champ je me dis en moi-même, il ſe pourroit bien faire que cet homme là m'aima comme un amant aime une maîtreſſe, car enfin, j'en avois vû des amans dans mon village, j'avois entendu parler d'amour, j'avois même déja lû quelques romans à la derobée, & tout cela joint aux leçons que la nature nous donne, m'avoit du moins fait ſentir qu'un amant étoit bien different d'un ami ; & ſur cette difference que j'avois compriſe à ma maniere, tout d'un coup les regards de Monſieur de Climal me parurent d'une eſpece ſuſpecte.

Cependant je ne regardai pas l'idée qui m'en vint ſur le champ, comme une choſe encore bien ſûre, mais je devois bientôt en avoir le cœur net, & je commençai toûjours en attendant par en être un peu plus forte, & plus à mon aiſe avec lui. Mes ſoupçons me defirent preſque tout-à-fait de cette timidité qu'il m'avoit tant reprochée, je crûs que s'il étoit vrai qu'il m'aima, il n'y avoit plus tant de façons à faire avec lui, & que c'étoit lui qui étoit dans l'embarras, & non pas moi. Ce raiſonnement coula de ſource au reſte, il paroît fin, & ne l'eſt pas, il n'y a rien de ſi ſimple, on ne s'apperçoit pas ſeulement qu'on le fait.

Il eſt vrai que ceux contre qui on raiſonne comme cela, n'ont pas grand retour à eſperer de vous, cela ſuppoſe qu'en fait d'amour, on ne se soucie guere d'eux: aussi de ce côté-là, Monsieur de Climal m'étoit-il parfaitement indifferent, & même de cette indifference qui va devenir haine, si on la tourmente; peut-être eut-il été ma premiere inclination, si nous avions commencé autrement ensemble, mais je ne l'avois connu que sur le pied d'un homme pieux qui entreprenoit d'avoir soin de moi par charité, & je ne sçache point de maniere de connoître les gens, qui éloigne tant de les aimer de ce qu'on appelle amour, il n'y a plus de sentiment tendre a demander à une personne qui n'a fait connoissance avec vous que dans ce goût là; l'humiliation qu'elle a soufferte vous a fermé son cœur de ce côté-là. Ce cœur en garde une rancune, que lui-même il ne sçait pas qu'il a, tant que vous ne lui demandés que des sentimens qui vous sont justement dûs; mais lui demandés vous d'une certaine tendresse; oh, c'est une autre affaire, son amour propre vous reconnoît alors, vous vous êtes broüillé avec lui ſans retour là-deſſus, il ne vous pardonnera jamais ; & c'eſt ainſi que j'étois avec M. de Climal.

Il eſt vrai que ſi les hommes ſçavoient obliger, je crois qu'ils feroient tout ce qu'ils voudroient de ceux qui leur auroient obligation: car eſt-il rien de ſi doux que le ſentiment de reconnoiſſance, quand nôtre amour propre n'y repugne point? on en tireroit des tréſors de tendreſſe ; au lieu qu'avec les hommes on a beſoin de deux vertus, l'une pour vous empêcher d'être indigné du bien qu'ils vous ſont, l'autre pour vous en impoſer la reconnoiſſance.

M. de Climal m'avoit parlé d'un habit qu'il vouloit me donner, & nous ſortîmes pour l'achetter à mon goût. Je crois que je l'aurois refuſé, ſi j'avois été bien convaincuë qu'il avoit de l'amour pour moi ; car j'aurois eu un dégoût ce me ſemble invincible à profiter de ſa foibleſſe, ſurtout ne la partageant pas, car quand on la partage, on ajuste cela, on s'imagine qu'il y a beaucoup de délicatesse à n'être point délicat là-dessus ; mais je doutois encore de ce qu'il avoit dans l'ame, & supposé qu'il n'eut que de l'amitié, c'étoit donc une amitié extrême, qui meritoit asseurement le sacrifice de toute ma fierté. Ainsi j'acceptai l'offre de l'habit à tout hazard.

L'habit fut achetté: je l'avois choisi, il étoit noble & modeste, & tel qu'il auroit pû convenir à une fille de condition qui n'auroit pas eu de bien. Après cela M. de Climal parla de linge, & effectivement j'en avois besoin. Encore autre achat que nous allâmes faire : Madame Dutour auroit pû lui fournir ce linge, mais il avoit ses raisons pour n'en point prendre chés elle, c'est qu'il le vouloit trop beau, Madame Dutour auroit trouvé la charité outrée ; & quoique ce fut une bonne femme qui ne s'en seroit pas souciée, & qui auroit crû que ce n'étoit pas là son affaire, il étoit mieux de ne pas profiter de la commodité de son caractere, & d'aller ailleurs.

Oh, pour le coup ce fut ce beau linge qu'il voulut que je prisse, qui me mit au fait de ses sentimens ; je m'étonnai même que l'habit qui étoit très propre m'eut encore laissé quelque doute, car la charité n'est pas galante dans ses presens, l'amitié même si secourable donne du bon & ne songe point au magnifique, les vertus des hommes ne remplissent que bien précisement leur devoir, elles seroient plus volontiers mesquines que prodigues dans ce qu'elles font de bien, il n'y a que les vices qui n'ont point de menage. Je lui dis tout bas que je ne voulois point de linge si distingué, je lui parlai sur ce ton-là serieusement, il se mocqua de moi, & me dit: Vous êtes un enfant, taisés vous, allés vous regarder dans le miroir, & voyés si ce linge est trop beau pour vôtre visage. Et puis sans vouloir m'écouter il alla son train.

Je vous avouë que je me trouvois bien embarrassée, car je voyois qu'il étoit sûr qu'il m'aimoit, qu'il ne me donnoit qu'à cause de cela; qu'il esperoit me gagner par-là, & qu'en prenant ce qu'il me donnoit, moi je rendois ses esperances assés bien fondées.

Je consultois donc en moi-même ce que j'avois à faire; & apresent que j'y pense je crois que je ne consultois que pour perdre du tems: j'assemblois je ne sçaiscombien de reflexions dans mon esprit, je me taillois de la besogne, afin que dans la confusion de mes pensées, j'eusse plus de peine à prendre mon parti, & que mon indétermination en fut plus excusable, par-là, je reculois une rupture avec M. de Climal, & je gardois ce qu'il me donnoit.

Cependant j'étois bien honteuse de ses vûës; ma chere amie la sœur du Curé me revenoit dans l'esprit. Quelle difference affreuse, me disois-je, des secours qu'elle me donnoit à ceux que je reçois! quelle seroit la douleur de cette amie si elle vivoit, & qu'elle vit l'état où je suis! il me sembloit que mon avanture violoit d'une maniere cruelle le respect que je devois à sa tendre amitié, il me sembloit que son cœur en soupiroit dans le mien : & tout ce que je vous dis-là, je ne l'aurois point exprimé, mais je le sentois.

D'un autre côté, je n'avois plus de retraite, & M. de Climal m'en donnoit une ; je manquois de hardes, & il m'en achettoit, & c'étoit de belles hardes que j'avois déjà essayées dans mon imagination, & j'avois trouvé qu'elles m'alloient à merveille : mais je n'avois garde de m'arrêter à cet article qui se mêloit dans mes considerations, car j'aurois rougi du plaisir qu'il me faisoit, & j'étois bien aise apparamment que ce plaisir fit son effet sans qu'il y eut de ma faute : souplesse admirable pour être innocent d'une sotise qu'on a envie de faire. Après cela, me dis-je, M. de Climal ne m'a point encore parlé de son amour, peut-être même n'osera-il m'en parler de long-temps, & ce n'est point à moi à deviner le motif de ses soins ; on m'a menée à lui comme à un homme charitable & pieux, il me fait du bien, tant pis pour lui, ſi ce n'eſt point dans de bonnes vûës, je ne ſuis point obligée de lire dans ſa conſcience, & je ne ſerai complice de rien, tant qu'il ne s'expliquera pas; ainſi j'attendrai qu'il me parle ſans équivoque.

Ce petit cas de conſcience ainſi decidé, mes ſcrupules ſe diſſiperent, & le linge, & l'habit me parurent de bonne priſe.

Je les emportai chés Madame Dutour, il eſt vrai qu'en nous en retournant M. de Climal rendit, parcy, parlà, ſa paſſion encore plus aiſée à deviner que de coûtume: il ſe demaſquoit petit à petit, l'homme amoureux ſe montroit, je lui voyois déja la moitié du viſage, mais j'avois conclu qu'il faloit que je le viſſe tout entier pour le reconnoître, ſinon il étoit arrêté, que je ne verrois rien. Les hardes n'étoient pas encore en lieu de ſeureté, & ſi je m'étois ſcandaliſée trop tôt, j'aurois peut-être tout perdu.

Les passions de l'espece de celle de M. de Climal sont naturellement lâches quand on les desespere, elles ne se piquent pas de faire une retraite bien honorable, & c'est un vilain amant qu'un homme qui vous desire plus qu'il ne vous aime; non pas que l'amant le plus delicat ne desire à sa maniere, mais du moins c'est que chés lui les sentimens du cœur se mêlent avec les sens, tout cela se fond ensemble, ce qui fait un amour tendre, & non pas vitieux, quoiqu'à la verité capable du vice; car tous les jours en fait d'amour on fait très delicatement des choses fort grossieres: mais il ne s'agit point de cela.

Je feignis donc de ne rien comprendre aux petits discours que me tenoit M. de Climal pendant que nous retournions chés Madame Dutour. J'ai peur de vous aimer trop Marianne, me disoit-il, & si cela étoit que feriés vous? Je ne pourrois en être que plus reconnoissante s'il étoit possible, lui repondois-je. Cependant

Marianne je me défie de vôtre cœur, quand il connoîtra toute la tendresse du mien, ajoûta-il, car vous ne la sçavés pas. Comment, lui dis-je, vous croyés que je ne vois pas vôtre amitié? Eh, ne changés point mes termes, reprit-il, je ne dis pas mon amitié, je parle de ma tendresse. Quoi, dis-je, n'est-ce pas la même chose? Non Marianne, me repondit-il en me regardant d'une maniere à m'en prouver la difference, non chere fille, ce n'est pas la même chose, & je voudrois bien que l'une vous parût plus douce que l'autre. Là-dessus je ne pûs m'empêcher de baisser les yeux, quoique j'y resistasse, mais mon embarras fut plus fort que moi. Vous ne me dites mot, est-ce que vous m'entendés? me dit-il en me serrant la main. C'est, lui dis-je, que je suis honteuse de ne sçavoir que repondre à tant de bontés.

Heureusement pour moi, la conversation finit là, car nous étions arrivés; tout ce qu'il pût faire, ce fut de me dire à l'oreille: Allés friponne, allés les rendre vôtre cœur plus traitable & moins lourd, je vous laisse le mien pour vous y aider.

Ce discours étoit assés net, & il étoit difficile de parler plus françois : je fis semblant d'être distraite pour me dispenser d'y repondre, mais un baiser qu'il m'appuyoit sur l'oreille en me parlant, s'attiroit mon attention malgré que j'en eusse, & il n'y avoit pas moyen d'être sourde à cela ; aussi ne le fus-je pas. Monsieur ne vous ais-je pas fait mal m'écriais-je d'un air naturel, en feignant de prendre le baiser qu'il m'avoit donné pour le choc de sa tête avec la mienne. Dans le tems que je disois cela, je descendois de carosse, & je crois qu'il fut la duppe de ma petite finesse, car il me repondit très naturellement que non.

J'emportai le ballot de hardes que j'allai serrer dans nôtre chambre, pendant que M. de Climal étoit dans la boutique de Madame Dutour. Je redescendis sur le champ ; Marianne, me dit-il d'un ton froid, faites travailler à vôtre habit dès aujourd'hui ; je vous reverrai dans trois ou quatre jours, & je veux que vous l'ayés. Et puis parlant à Madame Dutour : J'ai taché, dit-il, de l'assortir avec de très beau linge qu'elle m'a montré, & que lui a laissé la Demoiselle qui est morte.

Et là-dessus vous remarquerés, ma chere amie, que M. de Climal m'avoit avertie qu'il parleroit comme cela à Madame Dutour ; & je pense vous en avoir dit la raison qu'il ne me dit pourtant pas, mais que je devinai. D'ailleurs, ajoûta-il, je suis bien aise que Mademoiselle soit proprement mise, parce que j'ai des vûës pour elle qui pourront réüssir. Et tout cela du ton d'un homme vrai & respectable ; car M. de Climal tête-à-tête avec moi, ne ressembloit point du tout au M. de Climal parlant aux autres ; à la lettre, c'étoit deux hommes differens, & quand je lui voyois son visage devot, je ne pouvois pas comprendre comment ce visage là feroit pour devenir profane, & tel qu'il étoit avec moi : mon Dieu que les hommes ont de talens pour ne rien valoir !

Il se retira après un demi quart-d'heure de conversation avec Madame Dutour. Il ne fut pas plûtôt parti que celle-ci, à qui il avoit conté mon histoire, se mit à loüer sa pieté, & la bonté de son cœur. Marianne, me dit-elle, vous avés fait là une bonne rencontre quand vous l'avés connu : voyés ce que c'est, il a autant de soin de vous que si vous étiés son enfant : cet homme là n'a peut-être pas son pareil dans le monde pour être bon & charitable.

Le mot de charité ne fut pas fort de mon goût:il étoit un peu crû pour un amour propre aussi doüillet que le mien ; mais Madame Dutour n'en sçavoit pas d'avantage, ses expressions alloient comme son esprit, qui alloit comme il plaisoit à son peu de malice & de finesse. Je fis pourtant la grimace, mais je ne dis rien, car nous n'avions pour temoin que la grave Mademoiſelle Toinon, bien plus capable de m'envier les hardes qu'on me donnoit, que de me croire humiliée de les recevoir. Oh pour cela, Mademoiſelle Marianne, me dit-elle à ſon tour d'un air un peu jaloux, il faut que vous ſoyés née coëffée. Au contraire, lui repondis-je, je ſuis née très malheureuſe ; car je devrois ſans comparaiſon être mieux que je ne ſuis. A propos, reprit-elle, eſt-il vrai que vous n'avés ni pere ni mere, & que vous n'êtes l'enfant à perſonne ? cela eſt plaiſant. Effectivement, lui dis-je d'un ton piqué, cela eſt fort réjoüiſſant ; & ſi vous m'en croyés, vous m'en ferés vos complimens. Taiſés vous, idiote, lui dit Madame Dutour qui vit que j'étois fachée, elle a raiſon de ſe mocquer de vous ; remerciés Dieu de vous avoir conſervé vos parens : qui eſt-ce qui a jamais dit aux gens qu'ils ſont des enfans trouvés ? j'aimerois autant qu'on me dit que je ſuis batarde.

N'étoit-ce pas là prendre mon parti d'une maniere bien consolante? aussi le zele de cette bonne femme me choqua-il autant que l'insulte de l'autre, & les larmes m'en vinrent aux yeux. Madame Dutour en fut touchée, sans se douter de sa maladresse qui les faisoit couler : son atendrissement me fit trembler, je craignis encore quelque nouvelle reprimande à Toinon, & je me hâtai de la prier de ne dire mot.

Toinon de son côté me voyant pleurer se déconcerta de bonne foi ; car elle n'étoit pas mechante, & son cœur ne vouloit fâcher personne, sinon qu'elle étoit vaine, parce qu'elle s'imaginoit que cela étoit décent. Mais comme elle n'avoit pas un habit neuf aussi bien que moi, peut-être qu'elle avoit crû qu'en place de cela, il faloit dire quelque chose, & redresser un peu son esprit comme elle redressoit sa figure.

Voilà d'où me vint la belle apostrophe qu'elle me fit, dont elle me demanda très sincerement excuse : &

comme je vis que ces bonnes gens n'entendoient rien à ma fierté, ni à ces délicatesses, & qu'ils ne sçavoient pas le quart du mal qu'ils me faisoient, je me rendis de bonne grace à leurs caresses, & il ne fut plus question que de mon habit, qu'on voulut voir avec une curiosité ingenuë, qui me fit venir aussi la curiosité d'éprouver ce qu'elles en diroient.

J'allai donc le chercher sans rancune, & avec la joye de penser que je le porterois bientôt. Je prends le paquet tel que je l'avois mis dans la chambre, & je l'apporte. La premiere chose qu'on vit en le defaisant, ce fut ce beau linge dont on avoit pris tant de peine à sauver l'achat, qui avoit couté la façon d'un mensonge à M. de Climal, & à moi un consentement à ce mensonge : voilà ce que c'est que l'étourderie des jeunes gens; j'oubliai que ce maudit linge étoit dans le paquet avec l'habit. Oh, oh, dit Madame Dutour, en voici bien d'un autre, M. de Climal nous disoit que c'étoit la Demoiselle défunte qui vous avoit laissé cela, c'est pourtant lui qui vous l'a acheté, Marianne, & c'est fort mal fait à vous de ne l'avoir pas pris chés moi ; vous n'êtes pas plus delicate que des Duchesses qui en prennent bien, & vôtre M. de Climal est encore plaisant : mais je vois bien ce que c'est ajoûta-elle, en tirant l'étoffe de l'habit qui étoit dessous, pour la voir; car sa colere n'interrompit point sa curiosité, qui est un mouvement chés les femmes qui va avec tout ce qu'elles ont dans l'esprit ; je vois bien ce que c'est, je devine pourquoi on a voulu m'en faire à croire sur ce linge là, mais je ne suis pas si bête qu'on le croit, je n'en dis pas d'avantage ; remportés, remportés, pardi le tour est joli, on a la bonté de mettre Mademoiselle en pension chés moi, & ce qu'il lui faut on l'achette ailleurs, j'en ai l'embarras, & les autres le profit; je vous le conseille.

Pendant ce tems-là, Toinon soulevoit mon étoffe du bout des doigts, comme si elle avoit craint de se les salir, & disoit : Diantre, il n'y a rien de tel que d'être orpheline. Et la pauvre fille, ce n'étoit presque que pour figurer dans l'avanture qu'elle disoit cela, & toute sage qu'elle étoit, quiconque lui en eut donné autant l'auroit renduë stupide de reconnoissance. Laissés, cela Toinon, lui dit Madame Dutour ; je voudrois bien voir que cela vous fit envie.

Jusques là, je n'avois rien dit ; e sentois tant de mouvemens, tant de confusion, tant de dépit, que je ne sçavois par où commencer pour parler : c'étoit d'ailleurs une situation bien neuve pour moi que la mêlée où je me trouvois. Je n'en avois jamais tant vû. A la fin quand mes mouvemens furent un peu éclaircis, la colere se declara la plus forte, mais ce fut une colere si franche, & si étourdie, qu'il n'y avoit qu'une fille innocente de ce dont-on l'accusoit qui pût l'avoir.

Il étoit pourtant vrai que M. de Climal étoit amoureux de moi, mais je sçavois bien aussi que je ne voulois rien faire de son amour ; & si malgré cet amour, que je connoissois, j'avois reçû ses presens, c'étoit par un petit raisonnement que mes besoins, & ma vanité m'avoient dicté, & qui n'avoit rien pris sur la pureté de mes intentions : mon raisonnement étoit sans doute une erreur, mais non pas un crime : ainsi je ne meritois pas les outrages dont me chargeoit Madame Dutour, & je fis un vacarme épouvantable ; je debutai par jetter l'habit & le linge par terre sans sçavoir pourquoi, seulement par fureur, ensuite je parlai ou plûtôt je criai, & je ne me souviens plus de tous mes discours, sinon que j'avoüai en pleurant que M. de Climal avoit achetté le linge, & qu'il m'avoit deffendu de le dire sans m'instruire des raisons qu'il avoit pour cela ; qu'au reste j'étois bien malheureuse de me trouver avec des gens qui m'accusoient à si bon marché ; que je voulois ſortir ſur le champ, que j'allois envoyer chercher un caroſſe pour emporter mes hardes, que j'irois où je pourrois, qu'il valoit mieux qu'une fille comme moi mourut d'indigence que de vivre auſſi deplacée que je l'étois; que je leur laiſſois les preſens de M. de Climal, que je m'en ſoucioisauſſi peu que de ſon amour, s'il étoit vrai qu'il en eut pour moi. Enfin j'étois comme un petit lion, ma tête s'étoit demontée, outre que tout ce qui pouvoit m'affliger, ſe preſentoit à moi : la mort de ma bonne amie, la privation de ſa tendreſſe, la perte terrible de mes parens, les humiliations que j'avois ſouffertes, l'effroi d'être étrangere à tous les hommes, de ne voir la ſource de mon ſang nulle part, la vûë d'une miſere qui ne pouvoit peut-être finir que par une autre; car je n'avois que ma beauté qui pût me faire des amis, & voyés quelle reſſource que le vice des hommes; n'étoit ce pas là dequoi renverſer une cervelle auſſi jeune que la mienne ?

Madame Dutour fut effrayée du tranſport qui m'agitoit, elle ne s'y étoit pas attenduë, & n'avoit compté que de me voir honteuſe. Mon Dieu, Marianne, me diſoit-elle, quand elle pouvoit placer un mot, on peut ſe tromper;appaiſés-vous, je ſuis fachée de ce que j'ai dit : (car mon emportement ne manqua pas de me juſtifier ; j'étois trop outrée pour être coupable,) allons finiſſons, ma fille. Mais j'allois toûjours mon train, & à toute force je voulois ſortir.

Enfin elle me pouſſa dans une petite ſalle, où elle s'enferma avec moi, & là, j'en dis encore tant que j'épuiſai mes forces, il ne me reſta plus que des pleurs, jamais on n'en a tant verſé; & la bonne femme voyant cela ſe mit à pleurer auſſi du meilleur de ſon cœur.

Là-deſſus Toinon entra pour nous dire que le diné étoit prêt; & Toinon qui étoit de l'avis de tout le monde, pleura parce que nous pleurions, & moi après tant de larmes, attendrie par les douceurs qu'elles me dirent toutes deux, je m'appaiſai, je me conſolai, j'oubliai tout.

La forte penſion que M. de Climal payoit pour moi, contribua peut être un peu au tendre repentir que Madame Dutour eut de m'avoir fachée; de même que le chagrin de n'avoir pas vendu le linge, l'avoit ſans comparaiſon bien plus indiſpoſée contre moi, que toute autre choſe: car pendant le repas, prenant un autre ton, elle me dit elle même, que ſi M. de Climal m'aimoit, comme il y avoit apparence, il faloit en profiter, (je n'ai jamais oublié les diſcours qu'elle me tint.) Tenés Marianne, me diſoit-elle, à vôtre place je ſçais bien comment je ferois; car puiſque vous ne poſſedés rien, & que vous êtes une pauvre fille qui n'avés pas ſeulement la conſolation d'avoir des parens, je prendrois d'abord tout ce que M. de Climal me donneroit, j'en tirerois tout ce que je pourrois; je ne l'aimerois pas moi, je m'en garderois bien, car l'honneur doit marcher le premier, & je ne suis pas femme à dire autrement, vous l'avés bien vû;en un mot comme en mille, tournés, tant qu'il vous plaira, il n'y a rien de tel que d'être sage;& je mourrai dans cet avis. Mais ce n'est pas à dire qu'il faille jetter ce qui nous vient trouver, il y a moyen d'accommoder tout dans la vie; par exemple, voilà vous & M. de Climal; eh bien,faut-il lui dire;allés vous-en? non asseurement:il vous aime,ce n'est pas vôtre faute, tous ces bigots n'en font point d'autre, laissés le aimer,& que chacun reponde pour soy:il vous achette des nippes,prenés toûjours,puisqu'elles sont payées : s'il vous donne de l'argent, ne faites pas la sotte, & tendés la main bien honnêtement, ce n'est pas à vous à faire la glorieuse : s'il vous demande de l'amour, allons doucement icy, joués d'adresse, & dites lui que cela viendra; promettre & ne tenir mene les gens bien loin : premierement, il faut du tems pour que vous l'aimiés; &

puis quand vous ferés semblant de commencer à l'aimer, il faudra du tems pour que cela augmente; & puis quand il croira que vôtre cœur est à point, n'avés vous pas l'excuse de vôtre sagesse? est-ce qu'une fille ne doit pas se deffendre? n'a-t-elle pas mille bonnes raisons à dire aux gens? ne les presche-t-elle pas sur le mal qu'il y auroit? pendant quoi le tems se passe, & les presens viennent sans qu'on les aille chercher: & si un homme à la fin fait le mutin, qu'il s'accommode on sçait se fâcher aussi-bien que lui, & puis on le laisse là; & ce qu'il a donné est donné: pardi il n'y a rien de si beau que le don, & si les gens ne donnoient rien, ils garderoient donc tout: oh, s'il me venoit un dévot qui m'en conta, il me feroit des presens jusqu'à la fin du monde avant que je lui dise, arrêtés vous.

La naïveté & l'affection avec laquelle Madame Dutour debitoit ce que je vous dis là, valoit encore mieux que ses leçons, qui sont assés douces asseurement, mais qui pourroient faire d'étranges filles d'honneur des écolieres qui les suivroient; la doctrine en est un peu perilleuse, je crois qu'elle mene sur le chemin du libertinage, & je ne pense pas qu'il soit aisé de garder sa vertu sur ce chemin là.

Toute jeune que j'étois, je n'approuvai point interieurement ce qu'elle me disoit, & effectivement quand une fille en pareil cas, seroit sûre d'être toûjours sage, la pratique de ces lâches maximes la deshonoreroit toûjours: dans le fonds ce n'est plus avoir de l'honneur, que de laisser esperer aux gens qu'on en manquera; l'art d'entretenir un homme dans cette esperance là, je l'estime encore plus honteux, qu'une chûte totale dans le vice: car dans les marchés même infames, le plus infame de tous est celui où l'on est fourbe & de mauvaise foi, par avarice: n'êtes vous pas de mon sentiment?

Pour moi j'avois le caractere trop

vrai pour me conduire de cette maniere là; je ne voulois ni faire le mal, ni sembler le promettre; je haïssois la fourberie de quelque espece qu'elle fut, surtout celle-ci dont le motif étoit d'une bassesse qui me faisoit horreur.

Ainsi je secouai la tête à tous les discours de Madame Dutour, qui vouloit me convertir là-dessus pour son avantage & pour le mien. De son côté elle auroit été bien aise que ma pension eut duré long-tems, & que nous eussions fait quelques petits cadeaux ensemble de l'argent de M. de Climal; c'étoit ainsi qu'elle s'en expliquoit en riant: car la bonne femme étoit gourmande & interessée; & moi je n'étois ni l'un ni l'autre.

Quand nous eusmes diné, mon habit & mon linge furent donnés aux ouvrieres, & la Dutour leur recommanda beaucoup de diligence. Elle esperoit sans doute qu'en me voyant brave (c'étoit son terme) je serois tentée de laisser durer plus long-tems mon

mon avanture avec M. de Climal ; & il eſt vrai que du côté de la vanité, je menaçois déja d'être furieuſement femme, un ruban de bon goût, ou un habit galand quand j'en rencontrois, m'arrêtoit tout court ; je n'étois plus de ſang froid, je m'en reſſentois pour une heure, & je ne manquois pas de m'ajuſter de tout cela en idée, (comme je vous l'ai déja dit de mon habit ;) enfin là-deſſus, je faiſois toûjours des chateaux en Eſpagne en attendant mieux.

Mais malgré cela, depuis que j'étois ſûre que M. de Climal m'aimoit, j'avois abſolument reſolu, s'il m'en parloit, de lui dire qu'il étoit inutile qu'il m'aimât. Après quoi je prendrois ſans ſcrupule tout ce qu'il voudroit me donner, c'étoit là mon petit arrangement.

Au bout de quatre jours on m'apporta mon habit & du linge : c'étoit un jour de Fête, & je venois de me lever quand cela vint. A cet aſpect, Toinon & moi nous perdîmes d'abord toutes deux la parole, moi d'émotion de joye, elle de la triste comparaison qu'elle fit, de ce que j'allois être à ce qu'elle seroit; elle auroit bien troqué son pere & sa mere contre le plaisir d'être orpheline au même prix que moi, elle ouvroit sur mon petit attirail de grands yeux stupefaits, & jaloux; & d'une jalousie si humiliée que cela me fit pitié dans ma joye, mais il n'y avoit point de remede à sa peine, & j'essaiai mon habit le plus modestement qu'il me fut possible devant un petit miroir ingrat, qui ne me rendoit que la moitié de ma figure, & ce que j'en voyois me paroissoit bien piquant.

Je me mis donc vîte à me coëffer, & à m'habiller pour joüir de ma parure; il me prenoit des palpitations en songeant combien j'allois être jolie; la main m'en trembloit à chaque épingle que j'attachois, je me hâtois d'achever sans rien précipiter pourtant; je ne voulois rien laisser d'imparfait: mais j'eus bientôt fini, car la perfection que je connoissois étoit bien bornée ; je commençois avec des dispositions admirables, & c'étoit tout.

Vraiment quand j'ai connu le monde, j'y faisois bien d'autres façons ; les hommes parlent de science, & de philosophie ; voilà quelque chose de beau en comparaison de la science de bien placer un ruban, ou de decider de quelle couleur on le mettra.

Si on sçavoit ce qui se passe dans la tête d'une coquette en pareil cas, combien son ame est déliée & penetrante ; si on voyoit la finesse des jugemens qu'elle fait sur les goûts qu'elle essaye, & puis qu'elle rebute, & puis qu'elle hesite de choisir, & qu'elle choisit enfin par pure lassitude ; car souvent elle n'est pas contente, & son idée va toûjours plus loin que son execution ; si on sçavoit tout ce que je dis-là, cela feroit peur, cela humilieroit les plus forts esprits, & Aristote ne paroîtroit plus qu'un petit garçon ; c'eſt moi qui le dis qui le ſçait à merveilles ; & qu'en fait de parure, quand on a trouvé ce qui eſt bien, ce n'eſt pas grand choſe, & qu'il faut trouver le mieux pour aller delà au mieux du mieux, & que pour attraper ce dernier mieux, il faut lire dans l'ame des hommes, & ſçavoir préferer ce qui la gagne le plus, à ce qu'il ne fait que la gagner beaucoup : & cela eſt immenſe.

Je badine un peu ſur nôtre ſcience, & je n'en fais point de façon avec vous, car nous ne l'exerçons plus ni l'une ni l'autre ; & à mon égard ſi quelqu'un rioit de m'avoir vû coquete, il n'a qu'à me venir trouver, je lui en dirai bien d'autres, & nous verrons qui de nous deux rira le plus fort.

J'ai eu un petit minois qui ne m'a pas mal couté de folies, quoiqu'il ne paroiſſe guere les avoir meritées à la mine qu'il fait aujourd'hui; auſſi il me fait pitié quand je le regarde, & je ne le regarde que par hazard, je ne lui fais presque plus cet honneur là exprès ; mais ma vanité en revanche s'en est bien donné autrefois ; je me joüois de toutes les façons de plaire, je sçavois être plusieurs femmes en une. Quand je voulois avoir un air fripon, j'avois un maintien & une parure qui faisoient mon affaire ; le lendemain on me retrouvoit avec des graces tendres, ensuite j'étois une beauté modeste, serieuse, nonchalante. Je fixois l'homme le plus volage, je dupois son inconstance, parce que tous les jours je lui renouvellois sa maîtresse, & c'étoit comme s'il en avoit changé.

Mais je m'écarte toûjours, je vous en demande pardon, cela me rejoüit ou me delasse, & encore une fois je vous entretiens.

Je fus donc bientôt habillée, & en verité dans cet état, j'effaçois si fort la pauvre Toinon que j'en avois honte. La Dutour me trouvoit charmante, Toinon controlloit mon habit, & moi j'approuvois ce qu'elle diſoit par charité pour elle ; car ſi j'avois paru auſſi contente que je l'étois, elle en auroit été plus humiliée, ainſi je cachois ma joye. Toute ma vie, j'ai eu le cœur plein de ces petits égards là pour le cœur des autres.

Il me tardoit de me montrer, & d'aller à l'Egliſe pour voir combien on me regarderoit : Toinon qui tous les jours de Fête étoit eſcortée de ſon amant, ſortit avant moi de crainte que je ne la ſuiviſſe, & que cet amant à cauſe de mon habit neuf ne me regarda plus qu'elle, ſi nous allions enſemble ; car chés de certaines gens un habit neuf c'eſt preſque un beau viſage.

Je ſortis donc toute ſeule, un peu embarraſſée de ma contenance, parce que je m'imaginois qu'il y en avoit une à tenir, & qu'étant jolie & parée, il faloit prendre garde à moi de plus près qu'à l'ordinaire. Je me redreſſois, car c'eſt par où commence une vanité novice ; & autant que je puis m'en reſſouvenir, je reſſemblois aſſés à une aimable petite fille, toute fraîche sortie d'une éducation de village, & qui se tient mal, mais dont les graces encore captives ne demandent qu'à se montrer.

Je ne faisois pas valoir non plus tous les agrémens de mon visage, je laissois aller le mien sur sa bonne foi, comme vous le disiez plaisamment l'autre jour d'une certaine Dame. Malgré cela nombre de passans me regarderent beaucoup, & j'en étois plus réjoüie que surprise, car je sentois fort bien que je le meritois: & serieusement il y avoit peu de figures comme la mienne; je plaisois au cœur autant qu'aux yeux, & mon moindre avantage étoit d'être belle.

J'approche ici d'un évenement qui a été l'origine de toutes mes autres avantures, & je vais commencer par là, la seconde partie de ma vie; aussi-bien vous ennuyeriez-vous de la lire tout d'une haleine, & cela nous reposera toutes deux.

Fin de la premiere Partie.

APPROBATION.

J'AY lû par l'ordre de Monseigneur le Garde des Sceaux, un Manuscrit intitulé, *La Vie de Marianne*, *&c.* & j'ai crû que l'Impression en seroit agréable au Public. A Paris le 28. Avril 1728.

Signé, SAURIN.

PRIVILEGE DU ROY.

LOUIS, PAR LA GRACE DE DIEU, Roy de France & de Navarre : A nos amés & feaux Conseillers, les Gens tenans nos Cours de Parlement, Maîtres des Requêtes ordinaires de notre Hôtel, Grand-Conseil, Prévôt de Paris, Baillifs, Sénéchaux, leurs Lieutenans Civils, & autres nos Justiciers qu'il appartiendra, SALUT. Notre bien amé PIERRE PRAULT, Libraire & Imprimeur à Paris, Nous ayant fait supplier de lui accorder nos Lettres de Permission pour l'impression de *la Vie de Marianne, ou les Avantures de Madame la Comtesse de* *** ; offrant pour cet effet, de l'imprimer ou faire imprimer en bon papier & beaux caracteres, suivant la feüille imprimée & attachée pour modele sous le Contre-scel des Presentes Nous lui avons permis & permettons par cesdites Presentes, d'imprimer ou faire réimprimer ledit Livre ci-dessus specifié, conjointement ou séparément, & autant de fois que bon lui semblera, sur papier & caracteres conformes à ladite feüille imprimée & attachée sous notredit contre-scel, & de le vendre, faire vendre & débiter par tout notre Royaume, pendant le tems de trois années consecutives, à compter du jour de la datte desdites Présentes. Faisons défenses à tous Imprimeurs, Libraires, & autres personnes de quelque qualité & condition qu'elles soient, d'en introduire d'impression étrangere dans aucun lieu de notre obéïssance; à la charge que ces Présentes seront enregistrées tout au long sur le Registre de la Communauté des Imprimeurs & Libraires de Paris, dans trois mois de la datte d'icelles; Que l'impression de ce Livre sera faite dans notre Royaume & non ailleurs, & que l'Impetrant se conformera en tout aux Reglemens de la Librairie, & notamment à celui du dixiéme Avril 1725. & qu'avant que de l'exposer en vente, le Manuscrit ou Imprimé qui aura servi de copie à l'impression dudit Livre, sera remis dans le même état où l'Approbation y aura été donnée, ès mains de notre très cher & féal Chevalier, Garde des Sceaux de France, le Sieur Chauvelin; & qu'il en sera ensuite remis deux exemplaires dans notre Bibliotheque Publique, un dans celle de notre Château du Louvre, & un dans celle de notre trèscher & feal Chevalier Garde des Sceaux de France, le Sieur Chauvelin; le tout à peine de nullité des Présentes: Du contenu desquelles vous mandons & enjoignons de faire joüir l'Exposant ou ses ayans cause pleinement & paisiblement, sans souffrir qu'il leur soit fait aucun trouble ou empêchement. Voulons qu'à la copie desdites Présentes, qui sera imprimée tout au long au commencement ou à la fin dudit Livre, foi soit ajoûtée comme à l'Original. Commandons au premier notre Huissier ou Sergent, de faire pour l'execution d'icelles, tous Actes requis & nécéssaires, sans demander autre permission, & nonobstant clameur de Haro, Charte Normande, & Lettres à ce contraires: CAR tel est notre plaisir. DONNE' à Paris le treiziéme jour du mois de May, l'an de grace mil sept cens vingt-huit, & de notre Regne le treiziéme. Par le Roi en son Conseil.

Signé, SAINSON.

Registré sur le Registre VII. de la Chambre Royale des Libraires & Imprimeurs de Paris, N° 132. F° 117. conformément aux anciens Reglemens, confirmés par celui du 28. Fevrier 1723. A Paris le 25 May 1728.

Signé, COIGNARD, *Syndic.*

A PARIS. De l'Imprimerie de PIERRE PRAULT. 1731.

www.ingramcontent.com/pod-product-compliance
Ingram Content Group UK Ltd.
Pitfield, Milton Keynes, MK11 3LW, UK
UKHW021550260726
13993UKWH00002B/738